17,7°

dans **"LE RAYON"**

Scénario **David Chauvel**
Dessin **Hervé Boivin**

À Goulven.

Merci à Dany et Annick, Marcel, Christophe, Lionel,
et au plus que jamais sémillant Stevan Roudaut.
H.B.

Des mêmes auteurs, chez le même éditeur :
• Trois allumettes

Du même scénariste, chez le même éditeur :
• Nuit noire (trois volumes et édition intégrale) - dessin de Lereculey
• Arthur (trois volumes) - dessin de Lereculey
• Rails (quatre volumes et édition intégrale) - dessin de F. Simon
• Le Poisson-Clown (trois volumes) - dessin de F. Simon
• Les Enragés (cinq volumes et édition intégrale) - dessin de Le Saëc
• Flag - dessin de Le Saëc
• Ce qui est à nous (trois volumes) - dessin de Le Saëc
• Ring Circus (deux volumes) - dessin de Pedrosa
• Station debout - dessin de Ehretsmann
• Quarterback (un volume) - dessin de Kerfriden
• Lunatiks - dessin de Roudaut

Du même scénariste, aux Éditions Glénat :
• Black Mary (deux volumes) - dessin de Fagès

© 2001 GUY DELCOURT PRODUCTIONS

Tous droits réservés pour tous pays.
Dépôt légal : février 2001. I.S.B.N. : 2-84055-531-X

Conception graphique : Trait pour Trait

Achevé d'imprimer en Janvier 2001
Impression et reliure Pollina sq.a., 85400 Luçon - n° L82137

www.editions-delcourt.fr

DISSOLUTION

GEORGES WADELL, 55 ANS, CÉLIBATAIRE, MANUTENTIONNAIRE EN PROLONGEMENT DE CONGÉ MALADIE, AVAIT SOIF.

UNE SOIF QUI REMONTAIT MAINTENANT À PAS MAL D'ANNÉES ET QU'IL N'AVAIT TOUJOURS PAS RÉUSSI À ÉTANCHER.

À L'HEURE OÙ LES GENS DITS NORMAUX SE REMPLISSENT DE CAFÉ, JUS D'ORANGE ET AUTRES CHOCOLATS CHAUDS, GEORGES, LUI, SE REMPLISSAIT DE WHISKY D'UNE MAIN ET DE BIÈRE DE L'AUTRE.

SÛREMENT IL BUVAIT POUR OUBLIER.

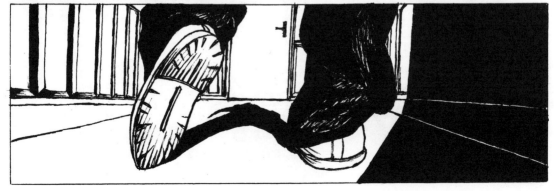

HEELLOOOOOO!...

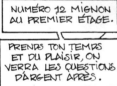
NUMÉRO 12 MIGNON AU PREMIER ÉTAGE.

PRENDS TON TEMPS ET DU PLAISIR, ON VERRA LES QUESTIONS D'ARGENT APRÈS.

MAIS... LES GAMINS!! VOUS N'AVEZ PAS VU DEUX...

NUMÉRO 12 MIGNON. AU PREMIER ÉTAGE.

PRENDS TON TEMPS ET DU PLAISIR, ON VERRA LES QUESTIONS D'ARGENT APRÈS.

MAIS JE... OH BON...

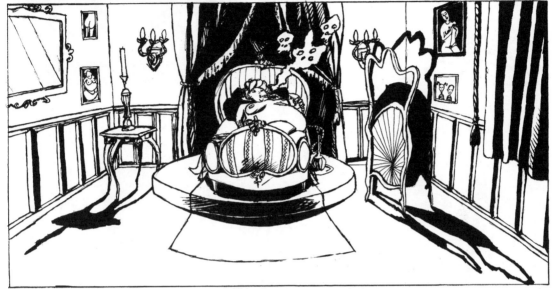

Viens, je vais te donner le plaisir.

Hein ?!

Viens, je vais te donner le plaisir.

Euh...

Viens, je vais te donner le plaisir.

D'accord, d'accord...

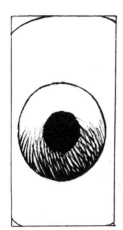

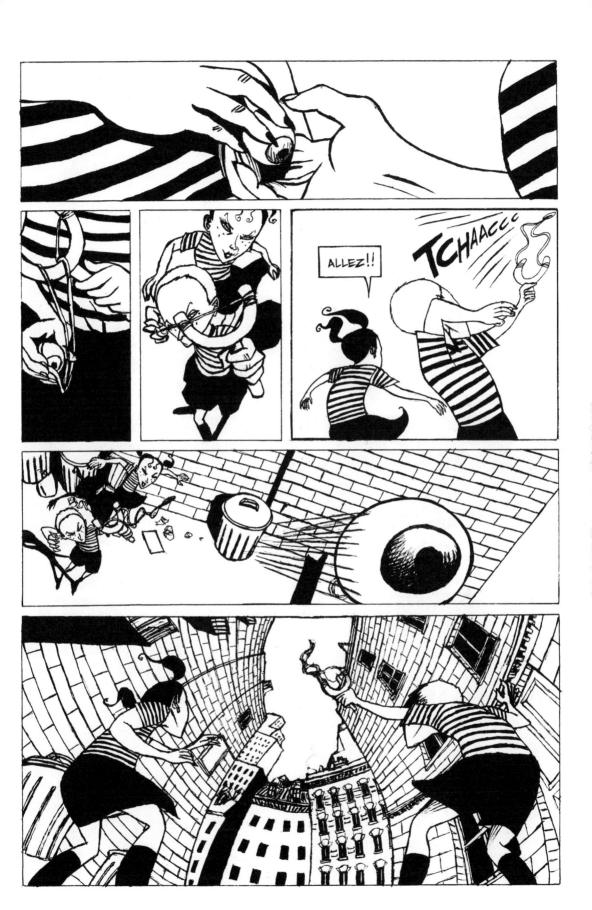

LILIAN MEYER, 47 ANS, DIVORCÉE, SANS ENFANT, EMPLOYÉE DANS UN PRESSING, SE DÉPÊCHAIT.

ELLE PROFITAIT DE SA PAUSE DÉJEUNER POUR FAIRE UN SAUT RAPIDE À L'AGENCE MATRIMONIALE "HEART ATTACK" OÙ SUSAN FRASER, LA DIRECTRICE, DEVAIT LUI MONTRER LES PHOTOS D'UN HOMME SUSCEPTIBLE DE COMBLER SON MANQUE DE TENDRESSE ET DE CONFORT SENTIMENTAL.

C'ÉTAIT LÀ LA RAISON DE SA PRÉSENCE SUR FRANKLIN STREET, À CE MOMENT PRÉCIS DE LA JOURNÉE, ET QUI LUI VALUT D'AVOIR LA MAIN ANESTHÉSIÉE PAR CE QUE PLUS TARD, LES AUTORITÉS APPELÈRENT "LE RAYON".

QUAND ON L'INTERROGEA, TOUT CE QUE LILIAN PUT DIRE, C'EST QU'ELLE AVAIT VU UN GRAND ÉCLAIR BLANC ET QU'ELLE AVAIT RESSENTI UNE FORTE CHALEUR AU NIVEAU DU BRAS.

LORSQU'ELLE AVAIT TOURNÉ LA TÊTE, ELLE AVAIT JUSTE EU LE TEMPS DE S'APERCEVOIR QUE SA MAIN GAUCHE, LEVÉE UNE SECONDE PLUS TÔT, PENDAIT AU BOUT DE SON BRAS, TOTALEMENT INSENSIBILISÉE.

ELLE AVAIT LEVÉ LE BRAS ET TENTÉ DE FAIRE BOUGER SA MAIN, MAIS CELLE-CI NE RÉPONDAIT PLUS. ALLÔ, ALLÔ, TOUR DE CONTRÔLE, NOUS AVONS UN PROBLÈME AVEC LA MAIN GAUCHE, ALLÔ…

CHOQUÉE, LILIAN S'ÉTAIT ADOSSÉE À LA VITRINE DU MAGASIN DE VÊTEMENTS "MEN & MEN" ET ÉTAIT RESTÉE LÀ À ATTENDRE TANDIS QUE LES SIRÈNES DES POLICIERS COMMENÇAIENT DÉJÀ À SE FAIRE ENTENDRE AU LOIN.

ALLÔ, TOUR DE CONTRÔLE ?! ALLÔ, TOUR DE CONTRÔLE… VOUS ME RECEVEZ ?!

J'AI FAIM.

JOHN ERKOWSKY, DIT JOHNNY, 52 ANS, VEUF, BÉNÉFICIANT D'UNE RENTE D'INVALIDITÉ, AVAIT FAIM.

ALORS QUE SUR L'ÉCRAN 50×50, DEUX RAVISSANTES CHEERLEADERS SE FAISAIENT COUPER EN TRANCHES PAR UN PROFESSEUR DE PHYSIQUE-CHIMIE DEVENU UN TUEUR SANGUINAIRE, À LA SUITE D'UNE EXPÉRIENCE MALENCONTREUSE, SON ESTOMAC SE MIT À GARGOUILLER.

ET DE LA FUITE D'UNE DES ADOLESCENTES À TRAVERS UN PARKING SOUTERRAIN, SON ESPRIT SE MIT À DÉRIVER, ENTRANT DANS LA CUISINE, OUVRANT LE RÉFRIGÉRATEUR DONT LA LUMIÈRE ÉTAIT CASSÉE DEPUIS DES ANNÉES, JUSQU'À L'ASSIETTE SUR LAQUELLE ÉTAIENT POSÉES, ENCORE EMBALLÉES DANS UN PAPIER DE BOUCHERIE, DEUX SUPERBES ENTRECÔTES.

CES ENTRECÔTES, JOHNNY LES AVAIT ACHETÉES QUELQUES HEURES PLUS TÔT À UN NOIR DE SA CONNAISSANCE, QUI LUI FOURGUAIT RÉGULIÈREMENT DE LA VIANDE À MOITIÉ PRIX ET DONT JOHNNY N'AVAIT JAMAIS EU À SE PLAINDRE.

IL Y AVAIT CINQ CHOSES QUE L'INNOCENT JOHNNY IGNORAIT EN PRENANT LE PAQUET ET EN PLAÇANT QUELQUES BILLETS CRASSEUX DANS LA MAIN DE SON FOURNISSEUR.

LA PREMIÈRE ÉTAIT QUE LA BÊTE À LAQUELLE AVAIENT JADIS APPARTENU CES FINS MORCEAUX AVAIT ÉTÉ ABATTUE DANS DES RÈGLES D'HYGIÈNE PLUS QUE DÉPLORABLES.

LA DEUXIÈME, ÉTAIT QUE LES QUARTIERS DE VIANDE AVAIENT ÉTÉ PLACÉS DANS UN CAMION QUE SON CHAUFFEUR AVAIT GARÉ SUR FRANKLIN STREET, LE TEMPS DE PASSER BOIRE UN VERRE AU TOUT PROCHE "HIGH NOON"

LA TROISIÈME ÉTAIT QU'EN VOYANT, COMME TOUS LES CONSOMMATEURS PRÉSENTS, LE RAYON S'ABATTRE SUR LE COIN DE RUE, IL S'ÉTAIT JETÉ DEHORS, ET AVAIT TENTÉ DE FAIRE DÉMARRER SON CAMION.

LA QUATRIÈME ÉTAIT QU'IL N'AVAIT PAS RÉUSSI À PARTIR ET QUE LA POLICE AVAIT MIS LE CAMION SOUS SÉQUESTRE À LA FOURRIÈRE

ET LA DERNIÈRE ÉTAIT QU'UN EMPLOYÉ VÉREUX ET AYANT UN BESOIN URGENT D'ARGENT LIQUIDE AVAIT ENLEVÉ UN DES QUARTIERS, L'AVAIT PLACÉ DANS LE COFFRE DE SA PROPRE VOITURE ET L'AVAIT VENDU À UN TYPE DE SA CONNAISSANCE QUI LUI-MÊME EN AVAIT VENDU UNE PARTIE AU NOIR DE LA CONNAISSANCE DE JOHNNY.

AAHH... ÇA FAIT DU BIEN PAR OÙ ÇA PASSE...

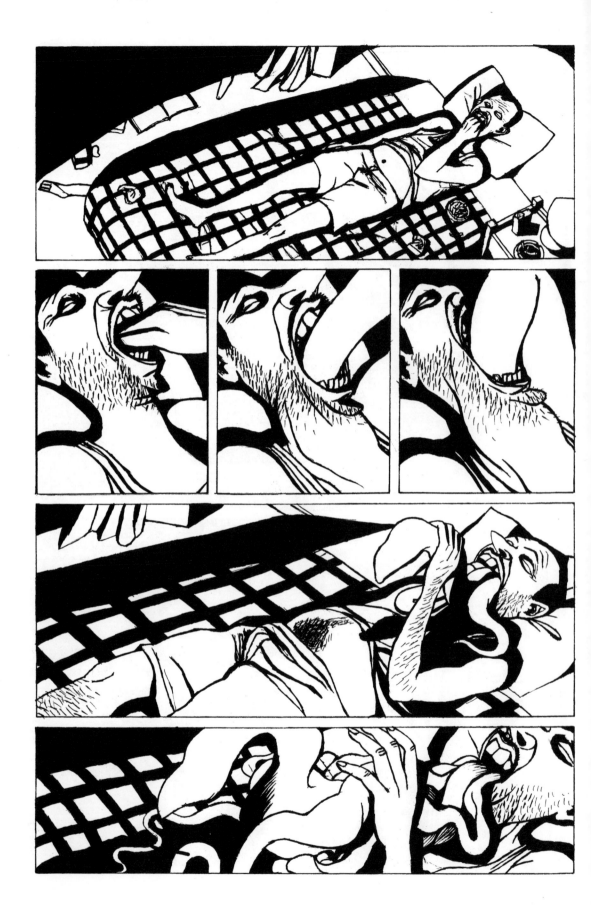

JACOB ABLESTEIN, 32 ANS, CÉLIBATAIRE, CONSULTANT EN COMMUNICATION CHEZ "2000 IDEAS", ET MARY GOODMAN, 28 ANS, CÉLIBATAIRE, ATTACHÉE DE PRESSE CHEZ "OSCAR BOOKS LTD" ÉTAIENT EXCITÉS.

AVANT DE MÉLANGER LEURS FLUIDES ET SÉCRÉTIONS INTIMES SUR FOND DE MUSIQUE NEW AGE, ILS AVAIENT PASSÉ UNE SOIRÉE FORMIDABLE QUOIQUE BRUTALEMENT INTERROMPUE POUR CAUSE D'IRRÉPRESSIBLE ATTRACTION MUTUELLE AU "FOX" DE BLEEKER STREET.

JACOB ÉTAIT ARRIVÉ LÀ VERS 21H00, SOIT BIEN AVANT LE DÉBUT DES HOSTILITÉS, EN COMPAGNIE DE SON COLLÈGUE ET NUITEUR INVÉTÉRÉ DAVID WILCOX.

UNE HEURE PLUS TARD, IL ACHETAIT DEUX GRAMMES DE COCAÏNE À UN INCONNU QUE WILCOX LUI AVAIT PRÉSENTÉ AU BAR AVANT DE LUI SUSURRER À L'OREILLE QUE L'HOMME "EN AVAIT."

LA NOUVELLE LUI AVAIT HÉRISSÉ LE POIL, MAIS PAS TROP CAR C'ÉTAIT UN HOMME SUFFISAMMENT INTELLIGENT POUR SE RÉJOUIR DE SA CHANCE LORSQU'ELLE LUI SOURIAIT SOUS LA FORME, EN L'OCCURENCE, DE QUINZE ANS DE PRISON QU'IL NE FERAIT PAS, EN TOUT CAS, PAS POUR L'INSTANT.

CE QUE JACOB N'IGNORAIT PAS, EN REVANCHE, C'ÉTAIT QUE LE DÉCOLLETÉ DE MARY WILCOX, ARRIVÉ AU "FOX" VERS 22H30, LUI AVAIT DONNÉ UN VERTIGE CERTAIN, ENCORE PLUS QUE SES MAGNIFIQUES YEUX VERTS OU SES FESSES PARFAITES HÉRITÉES DE LONGUES HEURES DE GYMNASTIQUE À 50 DOLLARS LA SÉANCE.

ET ENCORE MAINTENANT, IL AVAIT DU MAL À CROIRE À LA CHANCE QUI LUI AVAIT SOURIT ET L'AVAIT AUTORISÉ, POUR LA NUIT EN TOUT CAS, À PÉTRIR ET SUCER CETTE CHAIR JEUNE ET FERME.

MAIS PEUT-ÊTRE QUE LES DEUX LIGNES QU'IL AVAIT OFFERTES À MARY DANS LES TOILETTES DU "FOX" Y ÉTAIENT POUR QUELQUE CHOSE...

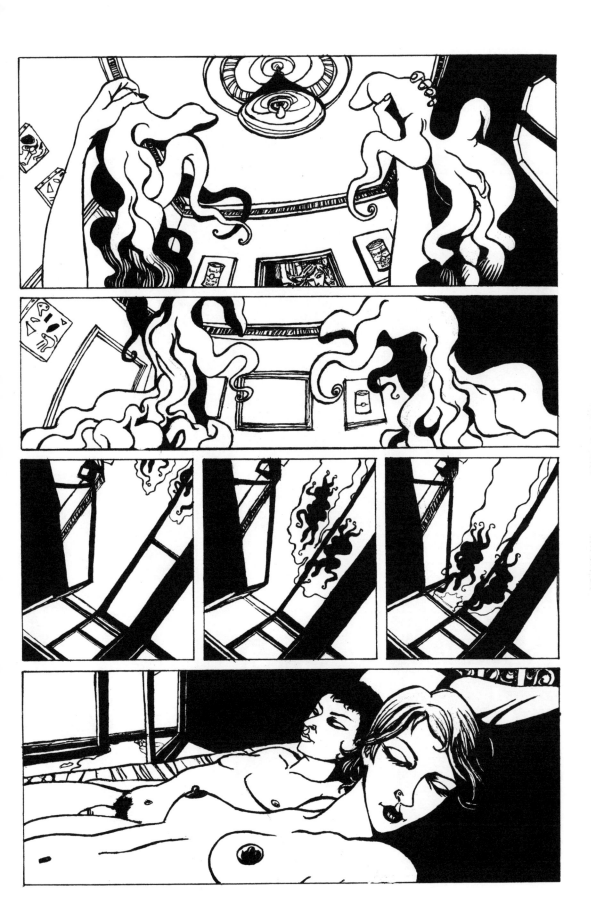

JOHNATAN MELFORD, 23 ANS, CHÔMEUR SANS DOMICILE FIXE, AVAIT LE SOMMEIL LÉGER.

ET C'EST AINSI QU'IL FUT CE SOIR-LÀ LE SEUL ET UNIQUE TÉMOIN DE CE QU'IL APPELA, PLUS TARD, POUR LUI MÊME, "CE PUTAIN DE TRUC PAS CROYABLE" ET DONT IL NE PARLA PAS AUX FLICS QUI L'ARRÊTÈRENT LE LENDEMAIN MATIN POUR VAGABONDAGE SUR LA VOIE PUBLIQUE.

EN FAIT, IL N'EN PARLA JAMAIS À PERSONNE, POUR LA BONNE ET SIMPLE RAISON QU'IL MOURUT PEU APRÈS SA REMISE EN LIBERTÉ, D'UNE HÉMORRAGIE INTERNE CONSÉCUTIVE À LA PÉNÉTRATION DE VINGT CENTIMÈTRES D'ACIER INOXYDABLE MAL AFFÛTÉ ET PARTIELLEMENT ROUILLÉ DANS SON ABDOMEN.

IL DORMAIT SUR LE TROTTOIR D'EN FACE, DANS UN TAS DE CARTONS QUI AVAIENT AUTREFOIS CONTENU DES MAGNÉTOSCOPES FABRIQUÉS À HONG-KONG.

DES DÉMANGEAISONS DANS LES JAMBES L'AVAIENT RÉVEILLÉ.

SOLUTION

J'AI FAIM.

AHH... ÇA FAIT DU BIEN PAR OÙ ÇA PASSE...

IL EN RESTE ?!

BIEN SÛR QU'IL EN RESTE...

AHH... ÇA FAIT DU BIEN PAR OÙ ÇA PASSE... IL EN RESTE?! BIEN SÛR QU'IL EN RESTE...

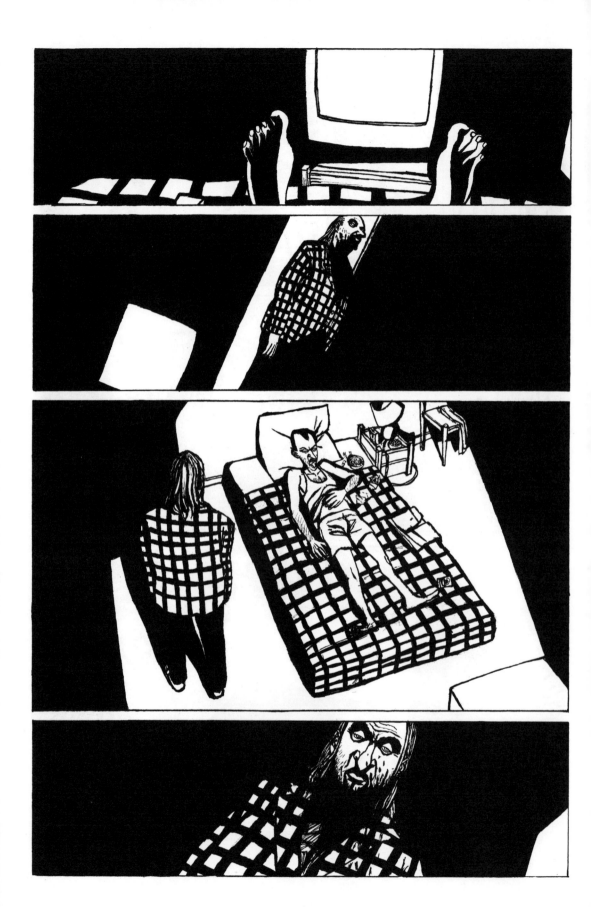

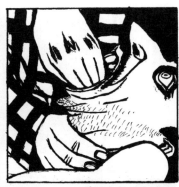

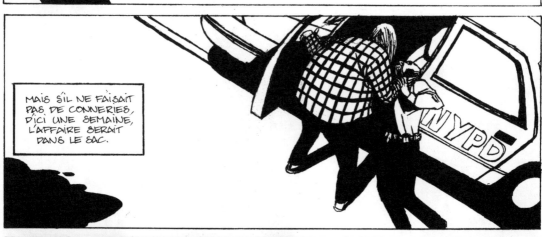

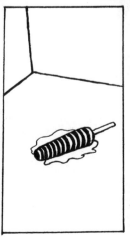

ABSOLUTION

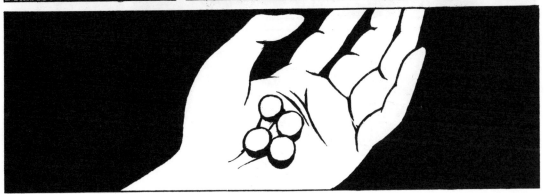

PSSSTTT!! EH!!

ÇA VOUS DIT LA GALERIE DES MONSTRES, SANS PAYER ?!

J'PEUX VOUS FAIRE RENTRER GRATIS, C'EST MON PÈRE QUI TIENT LA TAULE.

POURQUOI ?!

POURQUOI QUOI ?!

POURQUOI TU VEUX NOUS FAIRE RENTRER GRATIS ?!

PARCE-QUE MON PATER M'A FILÉ UNE ROUSTE. ALORS, JE FAIS RENTRER DES GENS À L'OEIL... ÇA LUI APPRENDRA.

BON, D'ACCORD...

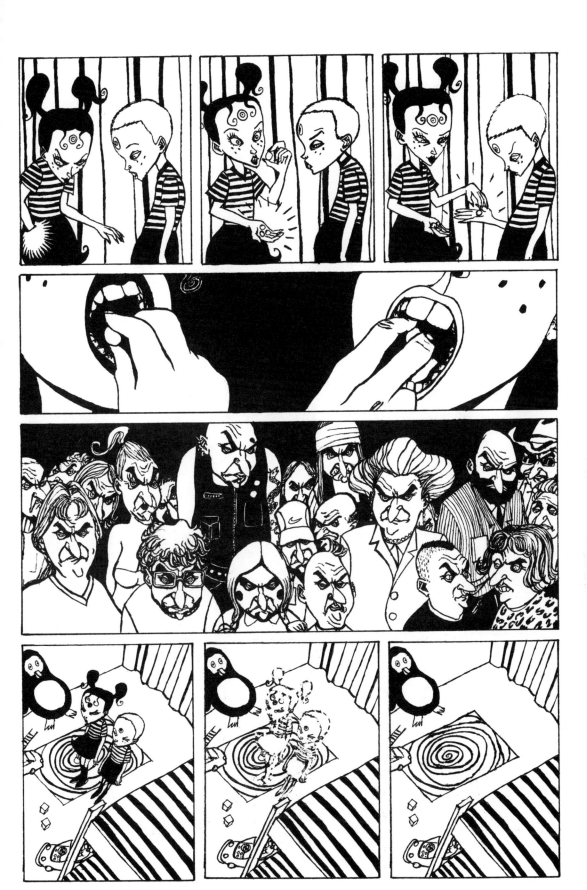

RESOLUTION

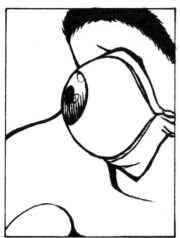
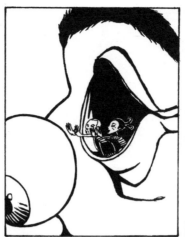